CW00822219

L'auteur
Dominique de Saint Mars

Après des études de sociologie,
elle a été journaliste à *Astrapi*.
Elle écrit des histoires
qui donnent la parole aux enfants
et traduisent leurs émotions.
Elle dit en souriant qu'elle a interviewé
au moins 100 000 enfants...
Ses deux fils, Arthur et Henri,
ont été ses premiers inspirateurs !
Prix de la Fondation pour l'Enfance.
Auteur de *On va avoir un bébé*,
Je grandis, *Les Filles et les Garçons*,
Léon a deux maisons et
Alice et Paul, copains d'école.

L'illustrateur
Serge Bloch

Cet observateur plein d'humour
et de tendresse est aussi un maître
de la mise en scène.
Tout en distillant son humour généreux
à longueur de cases, il aime faire sentir
la profondeur des sentiments.

Ainsi va la vie

Lili veut choisir
ses habits

Dominique de Saint Mars

Serge Bloch

CALLIGRAM

CHRISTIAN GALLIMARD

Série dirigée par Dominique de Saint Mars

© Calligram 1995
Tous droits réservés pour tous pays
Imprimé en Italie
ISBN : 978-2-88445-247-2

7

Non, il faut que tu sois un peu habillée.

Mais je suis déjà habillée !

Il te faut quelque chose de plus chic ! On va aller faire des courses !

Génial ! J'ai une copine qui a trouvé un truc super...

8

9

10

11

12

Ah, non, Lili, ce n'est pas possible ! Enlève-moi ça tout de suite !

Mais marche, Lili, aie l'air naturel !

15

17

Je n'aime pas les robes.
Je ne me sens pas
bien dedans.

Pourtant,
celle-là te va bien...

Mais c'est moi qui vais
la porter, pas toi !
J'ai le droit de décider
de mes habits.
Je ne suis plus
un bébé !

20

21

DE RETOUR À LA MAISON...

Ce que tu es jolie ! C'est pour le mariage ?

Non, non ! C'est cette robe.

22

23

24

30

C'est pas de ma faute, c'est... Tu crois pas que je devrais aller me changer ?

32

33

34

35

36

Et toi...

Est-ce qu'il t'est arrivé la même histoire qu'à Lili ?
Réponds aux deux questionnaires...

Est-ce que ça ne t'intéresse pas ?
Voudrais-tu t'habiller tous les jours pareil ?

Reçois-tu les vêtements de tes grands-frères ou sœurs ?
En souffres-tu ? ou en es-tu fier ?

Préfères-tu que tes parents décident pour toi ?
Ou souffres-tu qu'ils le fassent à ta place ?

Est-ce qu'on s'est déjà moqué d'un de tes habits ?

N'as-tu pas confiance en toi ?
As-tu peur de ne pas savoir ce qui te va ?

As-tu déjà eu envie du vêtement d'un autre ?
As-tu pensé que si tu l'avais, tu serais plus aimé ?

Sais-tu comment t'habiller chaque jour en fonction
du temps, des affaires propres qui te restent.

Penses-tu que tu es assez grand pour choisir tes habits
tout seul ? As-tu les mêmes goûts que tes parents ?

Trouves-tu que tu n'as pas assez d'habits ?
ou trop d'habits ? Aimes-tu les échanger ?

Attaches-tu une grande importance aux marques
à la mode ? Ou fais-tu attention au prix ? à la qualité ?

Penses-tu que les habits sont un bon moyen
de te sentir plus sûr de toi, de te faire plus beau ?

Aimes-tu être habillé comme les autres ? Pour faire
partie du groupe ? ou préfères-tu être différent ?

**Après avoir réfléchi
à ces questions
sur les habits,
tu peux en parler
avec tes parents ou tes amis.**

Dans la même collection